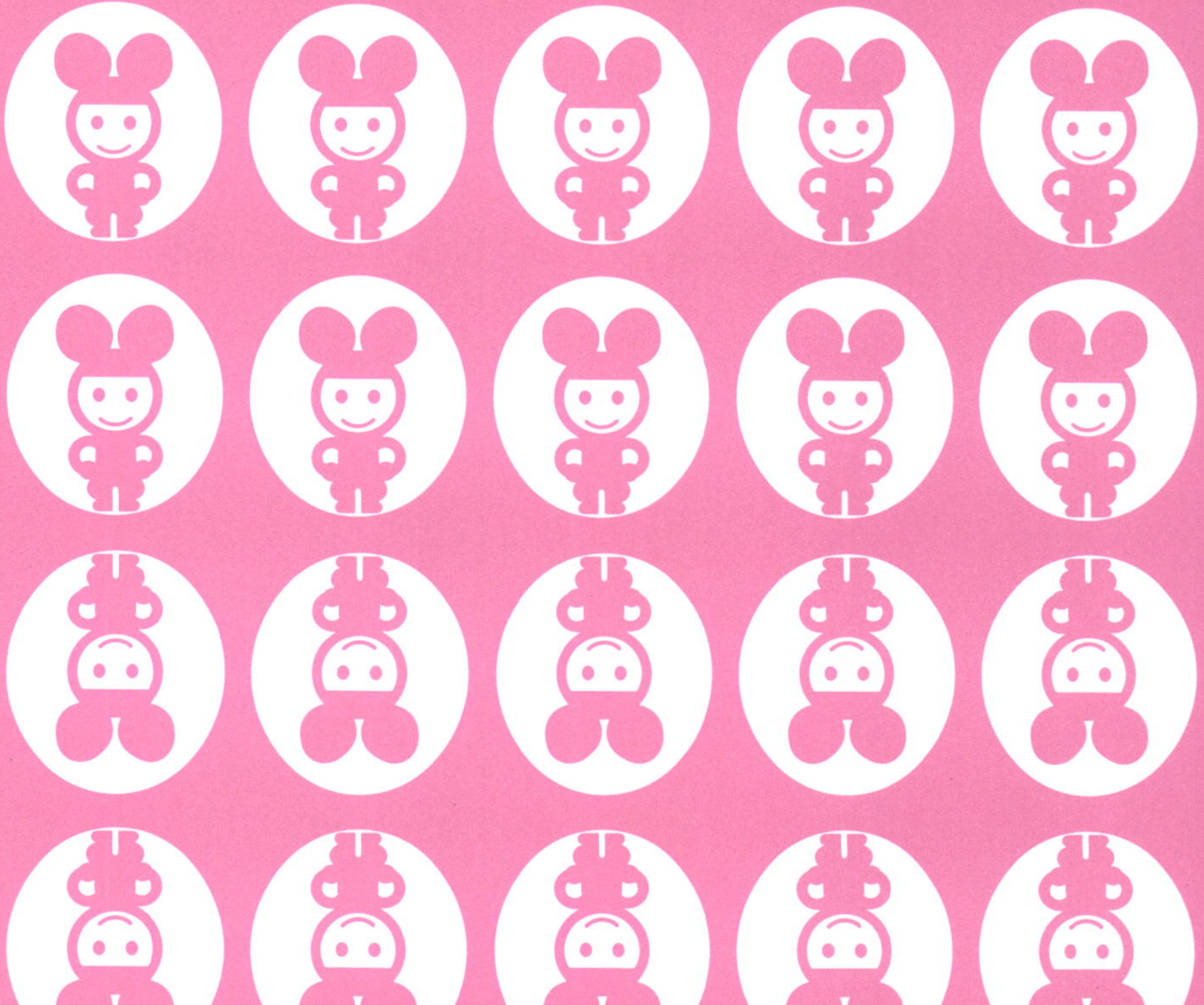

ふゆのおばけずかん

ばつひので

斉藤《さいとう》 洋《ひろし》・作　宮本《みやもと》えつよし・絵

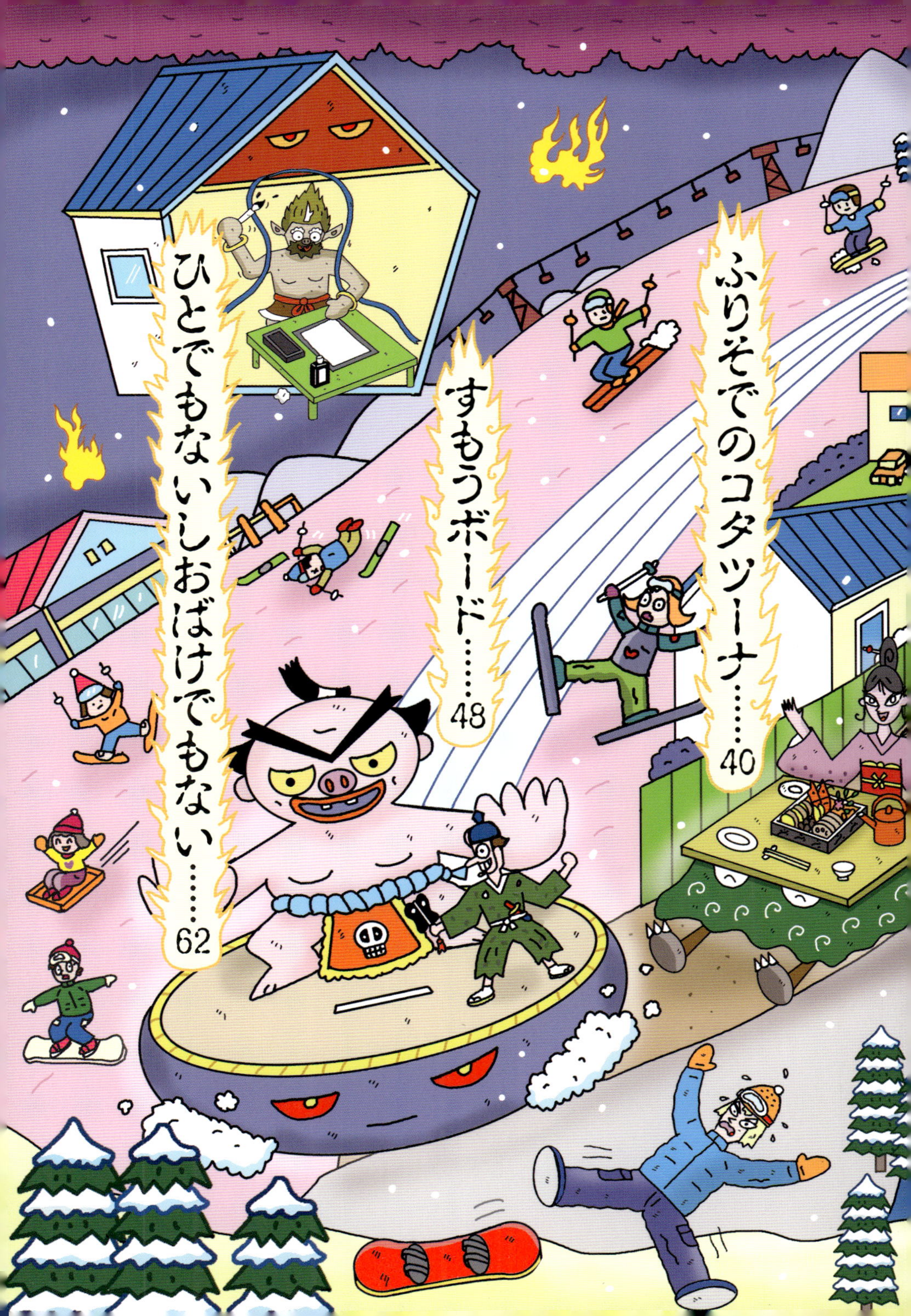
ふりそでのコタツーナ……40
すもうボード……48
ひとでもないしおばけでもない……62

サンダークロース

ふつうの　サンタクロースは　トナカイの
そりに　のって　いますが、サンダークロースは
くもに　のって　やって　きます。
いくつもの　たいこが　ついた　わを
かたから　かけて　いるのが　とくちょうです。

それ！いち にの サンダー！！

サンダークロースは　たいてい、ともだちと
いっしょに　きます。その　ともだちは
おおきな　ふくろを　せおって　います。
サンダークロースが　たいこを　たたくと、
いなずまが　はしります。
それに　あわせて、ともだちが　ふくろを
あけると……。

ゴロゴロゴローッ！

かぜと　いっしょに、たくさんの
ちいさな　ガラスの　たいこが　とびだして、
きらきら　ひかりながら、おちて　きます。

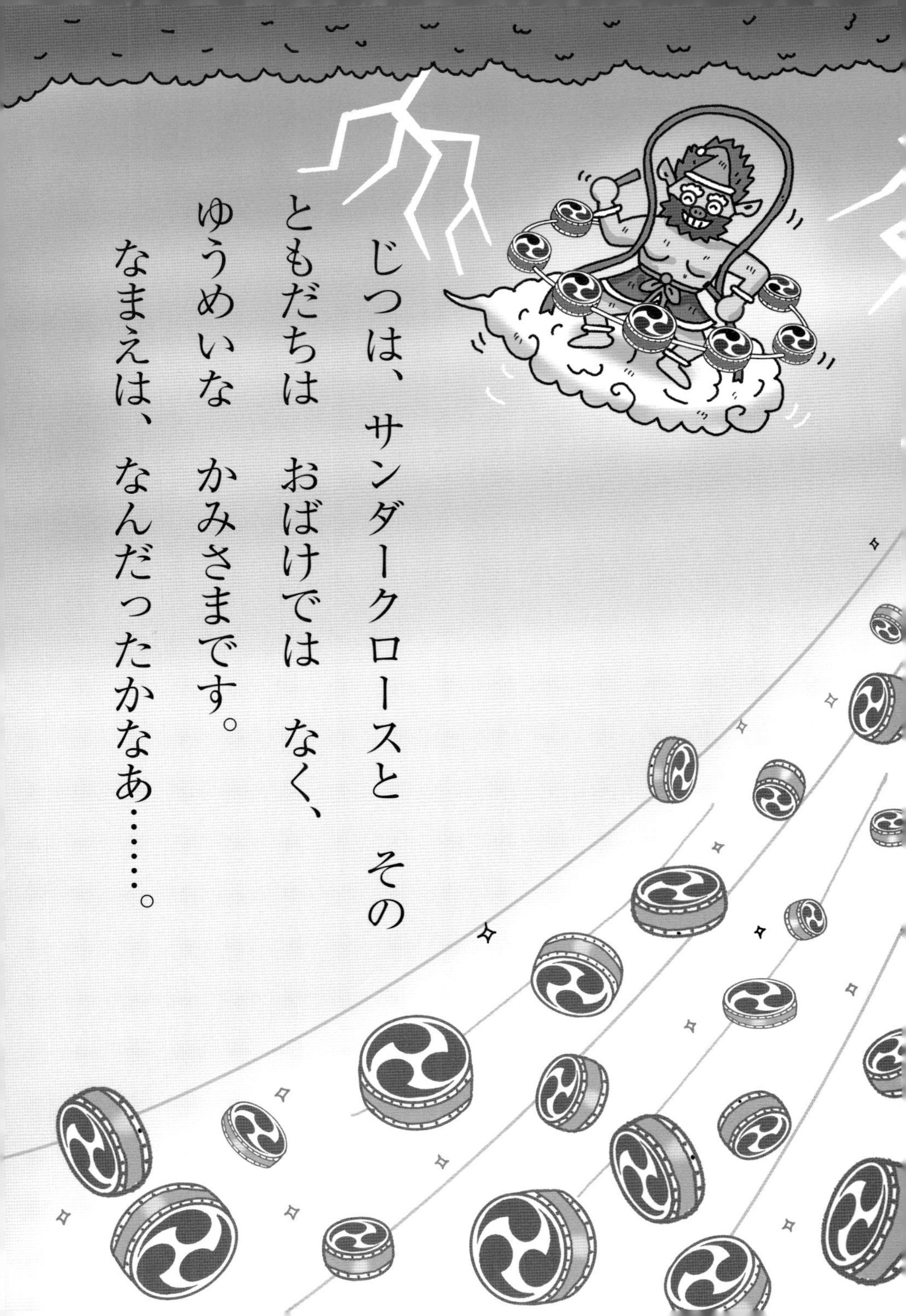

じつは、サンダークロースと　その
ともだちは　おばけでは　なく、
ゆうめいな　かみさまです。
なまえは、なんだったかなあ……。

クリスマスの　あさ、やねや　にわや
ベランダに、ちいさな　ガラスの　たいこが
おちて　いたら、それは　サンダークロースと
その　ともだちからの　プレゼントでしょう。
もらっても、だいじょうぶ！
たたいても、われないから　だいじょうぶ！

※サンダーと　いうのは、
えいごで　かみなりと　いう　いみです。

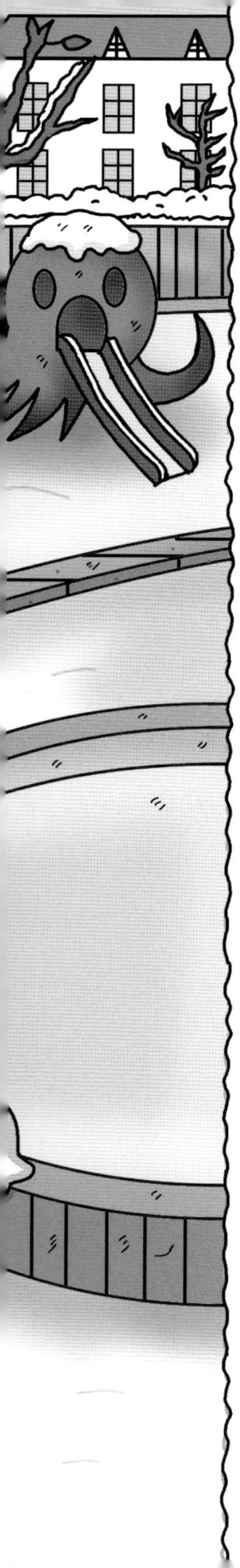

かえりだるま

ゆきだるまは　せっかく　つくっても、
はれて　あたたかい　ひが　つづくと、
とけて　なくなって　しまいます。
さびしいね。

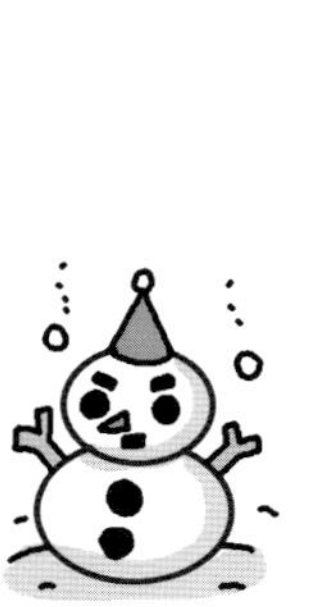

でも、こんじょうを　いれ、
きもちを　こめて、ひとりで
ゆきだるまを　つくると……。

つぎの　ふゆ、はつゆきが　ふった　あさ、
その　ゆきだるまが　その　ばしょに
あらわれる　ことが　あります。
これを　かえりだるまと　いいます。

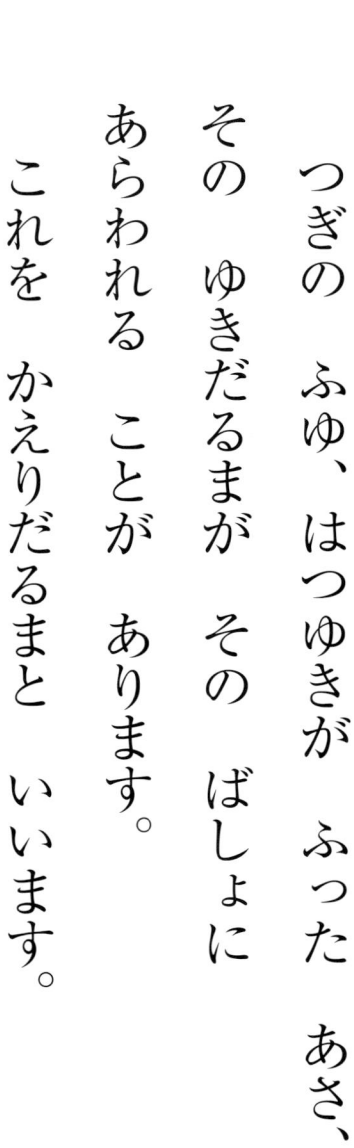

あっ！　きみは、この　まえの　ふゆに、
ぼくが　つくった　ゆきだるまじゃないか！

かえりだるまは、たいてい 一《いち》にちで
きえて しまいます。だから、ならんで
きねんしゃしんを とって おきましょう。
かえりだるまは しゃしんに うつるから
だいじょうぶ！

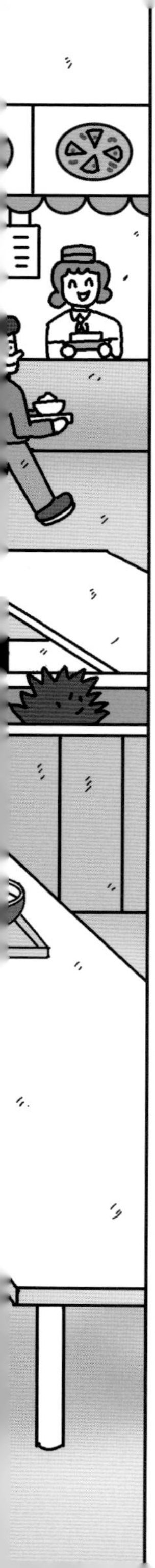

しにがみフードコート

ショッピングモールなどに　ある
セルフサービスの　レストランが　あつまった
ばしょを　フードコートと　いいます。
さむい　ひ、そういう　フードコートの
いすの　せに……。

BURGER
うどん

フードつきの　くろい　コートが
かかって　いたら、それは
しにがみフードコートかも　しれません。
だれかが　わすれて　いった　コートだな。
ちょうど　こういうのが　ほしかったんだ。
もらって　いっちゃおう……なんて、
ぬすんで、きて　みると……。

きっと、にあうぞ。
トイレに　いって、
かがみに　うつして　みよう。

かがみに　うつるのは、ちゅうに　うかんだ
その　コートだけ。きて　いる　ひとは、
かおも　からだも　うつりません。
まるで、とうめいにんげんが　コートを
きて　いるみたいです。
そして、つぎの　しゅんかん、
その　コートも　きえて　しまいます。

きえた　ひとは　どこへ　いったのかって？
さあ、ねえ……。
たしかなのは、その　ひとが　二《に》どと
かえって　こないと　いう　ことだけです。
フードコートの　いすに、フードの　ついた
コートが　あっても、ぬすまなければ
だいじょうぶ！

これ、わすれものかしら？
あとで、けいびいんさんに
しらせましょうね。
オムライス

ばつひので

うみべに　はつひのでを　みに　いくと、
ふつうなら、くらい　そらが
だんだん　あかるく　なり、すいへいせんが
一《いっ》かしょ　ぽつりと　ひかって、
たいようが　あらわれます。

でも、ひかるのが　二《に》かしょで、しかも
のぼって　きたのが　三《さん》かくけいだったら？
しかも、しかも、その　とき、
ブーと　いう　おとが　ひびきわたったら？
それは　はつひのでは　なく、
ばつひのでです。

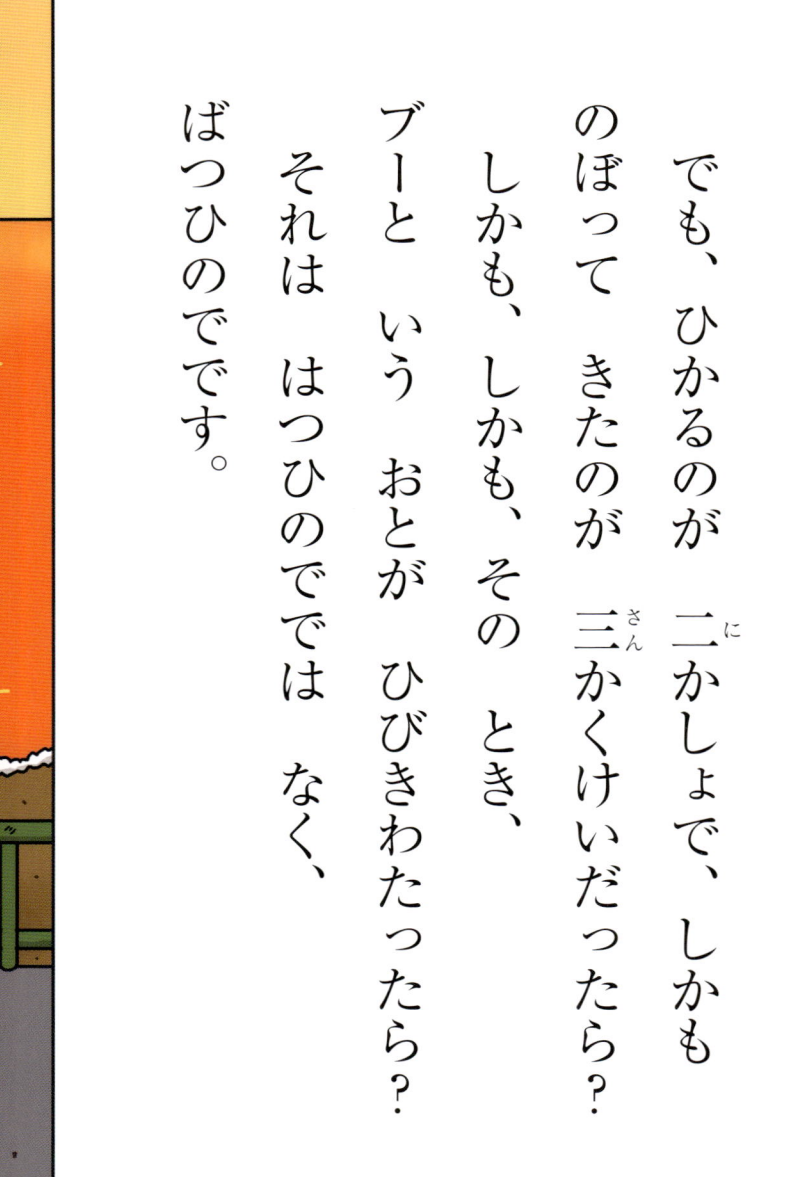

ブ

すいへいせんから　ぜんぶ　すがたを
あらわすと、ばつひのでは　とてつもなく
おおきい　ばつだと　いう　ことが
わかります。
その　ときには　もう、ブーと　いう
おとも　ものすごく　おおきく　なって、
みみを　ふさがずには　いられません。

ブー
ブー
なに、この おと！

ほうって　おくと、やがて　ばつひのでは
とおくの　そらに　きえ、おとも　きこえなく
なります。だから、だいじょうぶ……では
ないのです。
うみから　あがりきるまで、ばつひのでを
みて　しまうと、その　とし、一《いち》ねんかん
うんの　わるい　ことばかり、おこるのです。

TAXI

そう　ならない　ためには　どう　したら
いいのでしょう？
ふたつの　三《さん》かくけいが　あらわれ、
ブーと　いう　おとが　きこえだしたら、
すぐに　おおきな　こえで、
「ピンポーン、ピンポーン、ピンポーン！」
と　さけびましょう。

ヴァン
ピンポーン！
ピンポーン！
ピンポーン！
ピンポーン！
ピンポーン！

そうすれば、ばつひのでは　しずみ、
その　あと　すぐに　まるい　たいようが
あらわれます。ばつが　まるに　なると　いう
わけです。
ばつひのでを　ぜんぶ　みて　しまっても、
めげずに　がんばれば、だんだん　うんも
よく　なるから　だいじょうぶ！

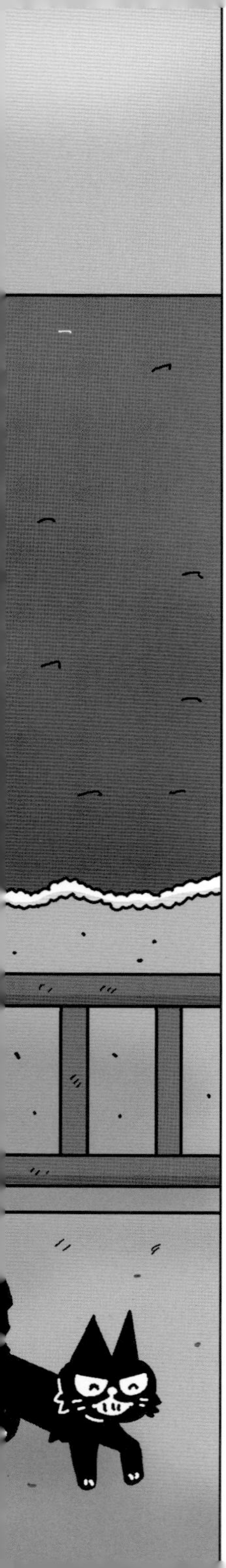

ふりそでのコタツーナ

おしょうがつの　よる、わかい　イケメンの　おとこの　ひとが　あきちを　とおりかかると、ふりそですがたの　くろかみびじんが　こたつに　はいって　いて、こえを　かけて　くる　ことが　あります。

こたつに　はいって、
ふたりで　おとそを　のんで、
おぞうにでも　たべません？

「いいんですか？
じゃあ、おことばに　あまえて……。」
なんて　いって、こたつに　あしを　いれた
しゅんかん、ブワッと　こたつぶとんが
まくれあがり、おとこの　ひとは、
こたつの　なかに　すいこまれて　しまいます。

「ごちそうさま！」
ふりそでのコタツーナが　そう　いうと
こたつは　ふりそでのコタツーナを
いれた　まま、四《よん》ほんの　あしで、
あるきさります。
もちろん、おとこの　ひとは、それきり
かえって　きません。

ふりそでのコタツーナが　こたつに
さそうのは、わかくて　イケメンな
おとこの　ひとだけです。
おんなの　ひとや　こどもは　むしされるから
だいじょうぶ！
わかく　なかったり、イケメンじゃ
なかったら、おとこの　ひとでも、
ふりむきも　されません。だから、
ぜったい　だいじょうぶ！

おまえらに、ようは　ねえんだよ。みんな、とっとと　かえって、じぶんちの　こたつに　はいりやがれ！
はいって　あそんでは　いけません。
よい　こは、ふりそでのコタツーナのような、らんぼうな　ことばづかいを　しては　いけません。

すもうボード

スキーじょうで、リフトを　おりた
ところに、しろい　二《に》ほんの　よこせんが
はいった　すないろの　スノーボードが
おいて　あったら、きを　つけましょう。

これ、よさげな　スノボじゃね？
ちょっと　つかって　みても、
いいんじゃね？

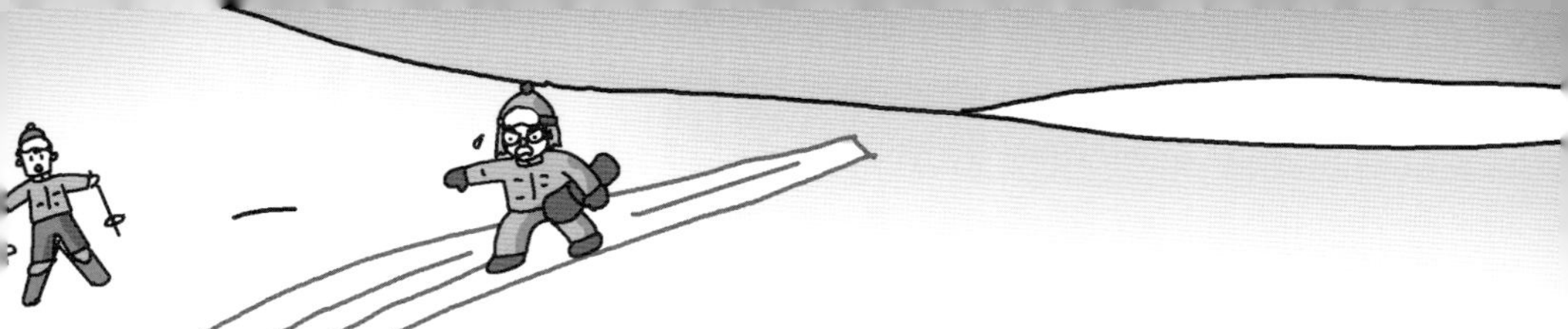

たぶん、それは　スノーボードでは　なく、
すもうボードです。
すもうボードに　のって、ゆきの　さかを
すべりはじめると、すぐに　すもうボードは
まるく　なり、どーんと　おおきく　なります。
そうです。おすもうの　どひょうみたいに
なるのです。

な、なんか、へんなんじゃね？

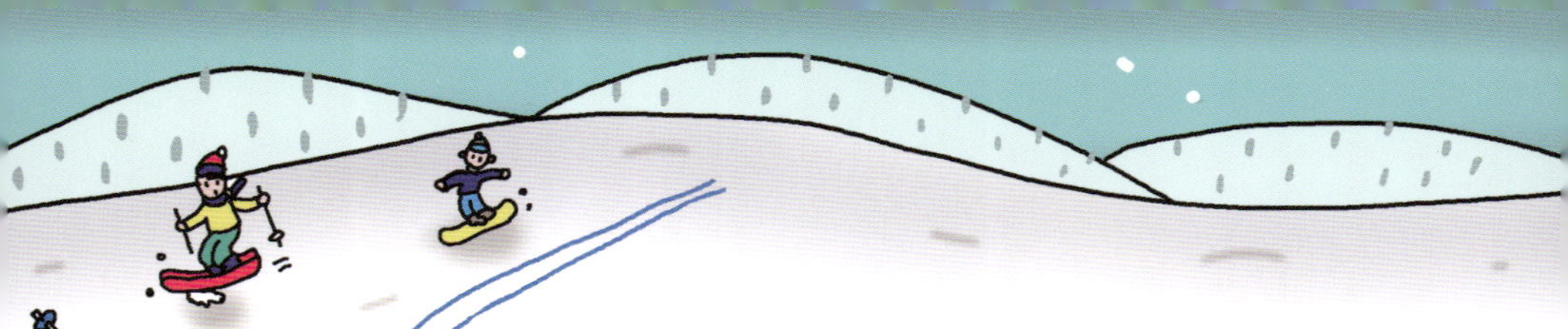

きが　つくと、めの　まえで
おすもうさんが　しろい　せんに　りょうてを
ついて　います。
いつの　まに　あらわれたのか、ぎょうじが
ぐんばいを　ふりあげて……。
おすもうさんが　たちあがります。
「はっけよい！」

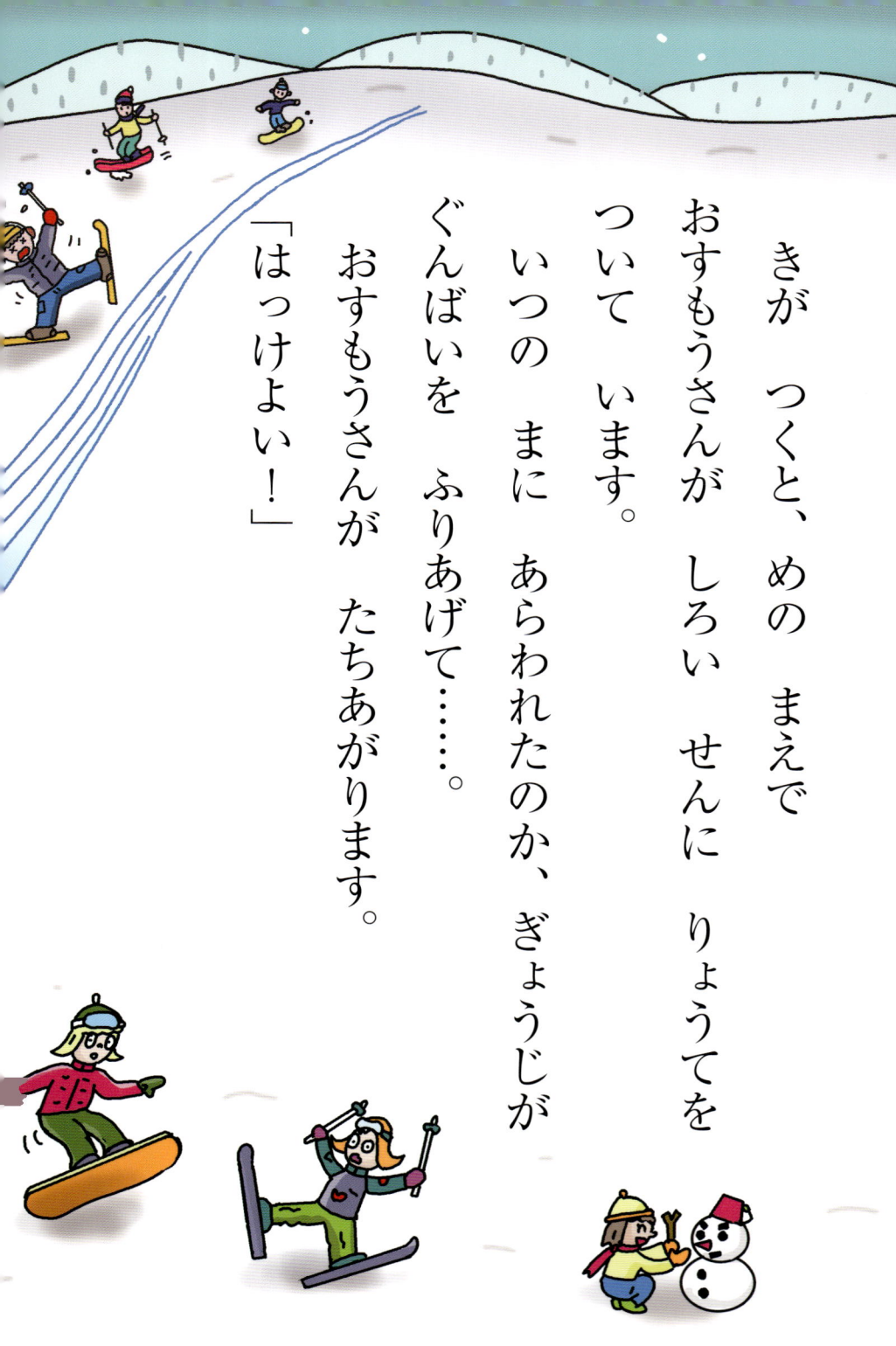

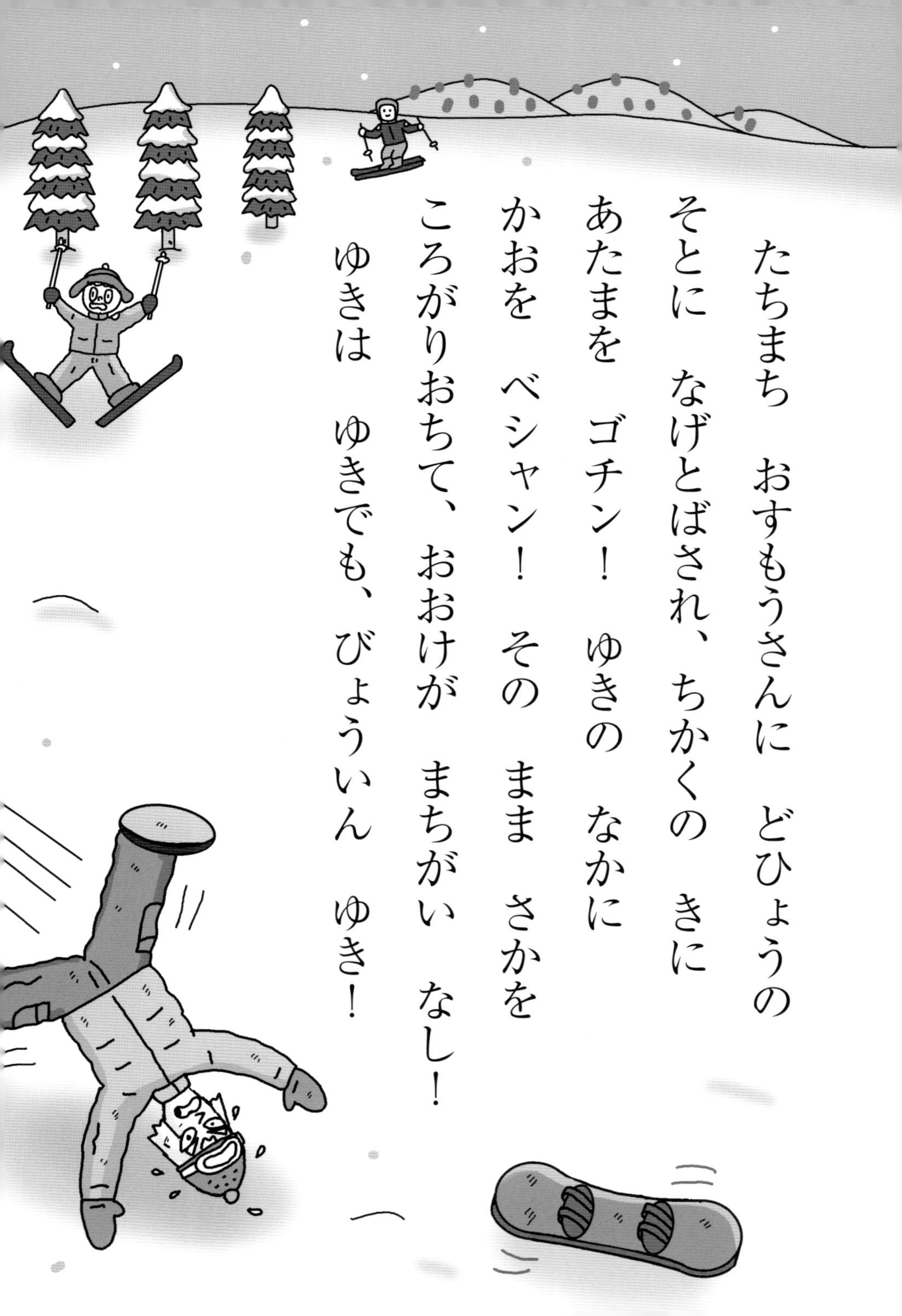

たちまち　おすもうさんに　どひょうの
そとに　なげとばされ、ちかくの　きに
あたまを　ゴチン！　ゆきの　なかに
かおを　ベシャン！　その　まま　さかを
ころがりおちて、おおけが　まちがい　なし！
ゆきは　ゆきでも、びょういん　ゆき！

ドシン

そう　ならない　ためには、すもうの
ルールに　したがえば　いいのです。
すもうでは、あいてが　たおれたら、
それいじょう　てを　だしては　いけません。
おすもうさんが　たちあがった　しゅんかん、
じぶんから　しりもちを　ついて　しまえば
いいだけです。

そうすれば、だいじょうぶ！
なげとばされずに　すみます。
すもうボードは　したまで　すべって
いって、そこで　とまります。

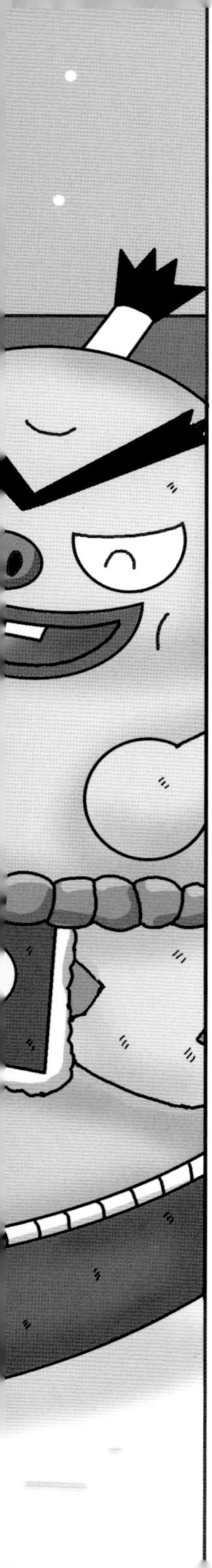

そうしたら、おすもうさんに、
「だらしの　ない　やつじゃのう。」
と　いわれ、ぎょうじに　しろい　めで
みられながら、すもうボードから　おりれば
いいだけです。だから、だいじょうぶ！
おりたら、すもうボードは　おすもうさんと
ぎょうじごと　きえて　しまいます。

ひとでもないしおばけでもない

ふゆやすみだって、しゅくだいは　あります。
あしたから　三《さん》がっきと　いう　よる、まだ
やってない　しゅくだいを　おもいだし……。

ど、どう　しよう。
しゅくだい、おわってない！
OBAKE

そんな　とき……。
がっこうなんて　なくなっちゃえば
いいのに、とか、かみなりが　おちて、
もえて　しまえば　いいのに、とか、
たいふうで　ふきとばされちゃえば　いいのに、
とか、そういう　だめすぎる　ことを
かんがえて　いると……。

ゴロゴロ
ゴーッ

とつぜん　まどが　あいて、ふゆだと
いうのに、ほとんど　はだかの　おおおとこが
ふたり、へやに　はいって　くる　ことが
あります。
　ひとりは　たいこが　たくさん　ついた
わを　せおって　いて、もう　ひとりは
おおきな　ふくろを　かついで　います。

おまえ、がっこうが ふきとばされて しまえば いいと おもったな？
おまえ、がっこうが もえて しまえば いいと おもったな？

いくら　なんでも、がっこうが　もえて
しまったり、ふきとばされて　しまったり
するのは、やりすぎです。
あわてて、
「す、すみません。もう　いいですから、
おかえりください。」
と　いうと……。

せっかく　きて　やったんだ。
なにも　しないで
かえる　わけには　いかない。

そう　いわれ、
「じつは、ふゆやすみの　しゅくだいが
のこってるんです。てつだって
もらえますか。かきぞめと
じゆうけんきゅうなんですけど……。」
と　たのむと……。

だいじょうぶだから、もう　ねろ！
かきぞめは、ひらがなで　いいんだな。

すると、　とつぜん　ねむく　なり、
あさ　めが　さめると、　つくえの　うえに、
〈じゅうけんきゅう・かみなりと　かぜ〉
と　かかれた　かみの　たばと、
すみで　じが　かかれた　かきぞめようの
はんしが　おかれて　います。
がっこうに　いって、　しゅくだいを　だし、
これで　オーケー、　だいじょうぶ！

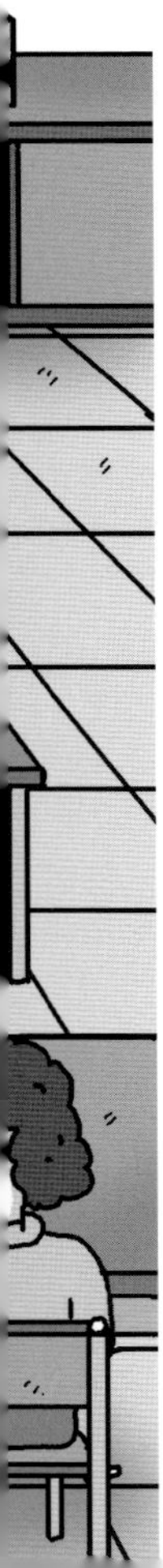

……って、そんな　わけには　いきません。
じゅうけんきゅうも　かきぞめも、
じぶんで　やってない　ことは、
すぐに　ばれて　しまいます。

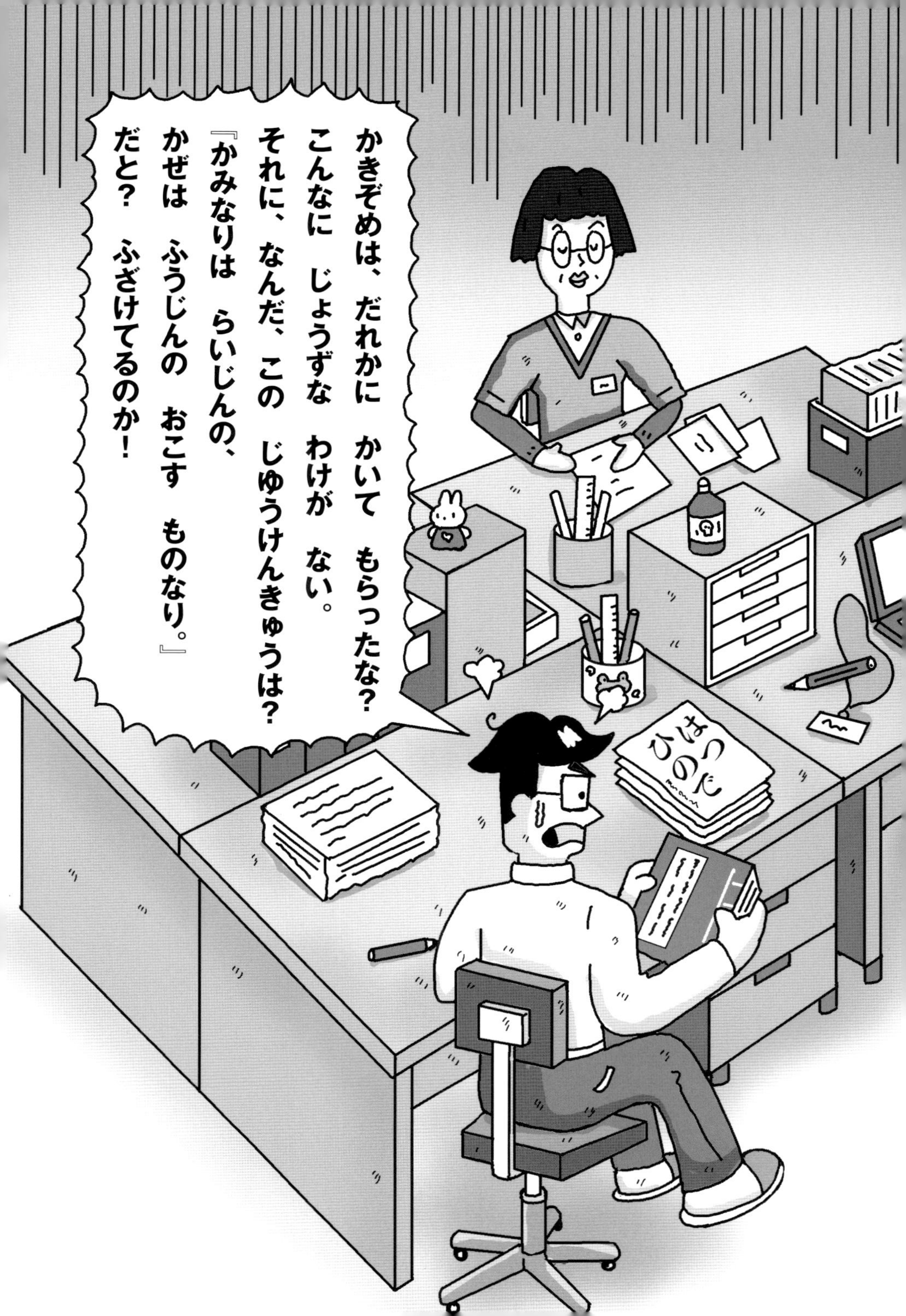
かきぞめは、だれかに　かいて　もらったな?
こんなに　じょうずな　わけが　ない。
それに、なんだ、この　じゆうけんきゅうは?
『かみなりは　らいじんの、
かぜは　ふうじんの　おこす　ものなり。』
だと?　ふざけてるのか!

じつは、あの　ふたりは　ひとでも　ないし、
おばけでも　ないのです。
むかしから　いる　かみさまなのです。
なんて　いう　かみさまなのかなあ。
くるしい　ときの　かみだのみじゃあ、
だいじょうぶじゃ　ないよねえ。

作者・斉藤　洋

（さいとうひろし）

昭和二十七年、東京生まれ。おもな作品に、「ペンギン」シリーズ、『ルドルフとイッパイアッテナ』。おばけのシーズンは、なつだけではありません。ふゆもおばけにごようじん！

画家・宮本えつよし

（みやもとえつよし）

昭和二十九年、大阪生まれ。おもな作品に、「キャベたまたんてい」シリーズなど。ゆきだるま　えのように　きれいなまるいゆきだるま　いまだに　つくれた　おぼえがない！

シリーズ装丁・田《た》名《な》網《あみ》敬《けい》一《いち》

どうわがいっぱい153

ふゆのおばけずかん
ばつひので

2024年11月26日　第1刷発行

作者　斉藤《さいとう》　洋《ひろし》
画家　宮本《みやもと》えつよし

発行者　安永尚人
発行所　株式会社 講談社
〒112-8001 東京都文京区音羽2-12-21
電話　編集　03（5395）3535
販売　03（5395）3625
業務　03（5395）3615
N.D.C.913　78p　22cm
印刷所　株式会社 精興社
製本所　島田製本株式会社
本文データ作成　脇田明日香
KODANSHA

ISBN978-4-06-536660-8

おばけずかん シリーズ

斉藤 洋・作
宮本えつよし・絵

うみの
おばけずかん

やまの
おばけずかん

まちの
おばけずかん

がっこうの
おばけずかん

がっこうの
おばけずかん
ワンデイてんこうせい

がっこうの
おばけずかん
あかずのきょうしつ

いえの
おばけずかん

がっこうの
おばけずかん
おきざりランドセル

のりもの
おばけずかん

がっこうの
おばけずかん
おばけにゅうがくしき

いえの
おばけずかん
ゆうれいでんわ

どうぶつの
おばけずかん

びょういんの
おばけずかん
おばけきゅうきゅうしゃ

いえの
おばけずかん
おばけテレビ

びょういんの
おばけずかん
なんでもドクター

こうえんの
おばけずかん
おばけどんぐり

いえの
おばけずかん
ざしきわらし

オリンピックの
おばけずかん

みんなの
おばけずかん
あっかんべぇ

こうえんの
おばけずかん
じんめんかぶとむし

オリンピックの
おばけずかん
ビヨヨンぼう

みんなの
おばけずかん
みはりんぼう

レストランの
おばけずかん
だんだんめん

しょうがくせいの
おばけずかん
かくれんぼう

えんそくの
おばけずかん
おいてけバスガイド

レストランの
おばけずかん
ふらふらフラッペ

まちの
おばけずかん
マンホールマン

がっこうの
おばけずかん
おばけいいんかい

おまつりの
おばけずかん
じんめんわたあめ

だいとかいの
おばけずかん
ゴーストタワー

まちの
おばけずかん
おばけコンテスト

がっこうの
おばけずかん
げたげたばこ

いちねんじゅう
おばけずかん
ハロウィンかぼちゃん

がっこうの
おばけずかん
おちこくさま

りょこうの
おばけずかん
おみやげじいさん

テーマパークの
おばけずかん
メトロコースター

レストランの
おばけずかん
むげんナポリタン

いちにちじゅう
おばけずかん
まよなかのパーティートイレ

ふゆの
おばけずかん
ばつひので

がっこうの
おばけずかん
2025 年3 月
刊行予定

まだまだつづくよ！

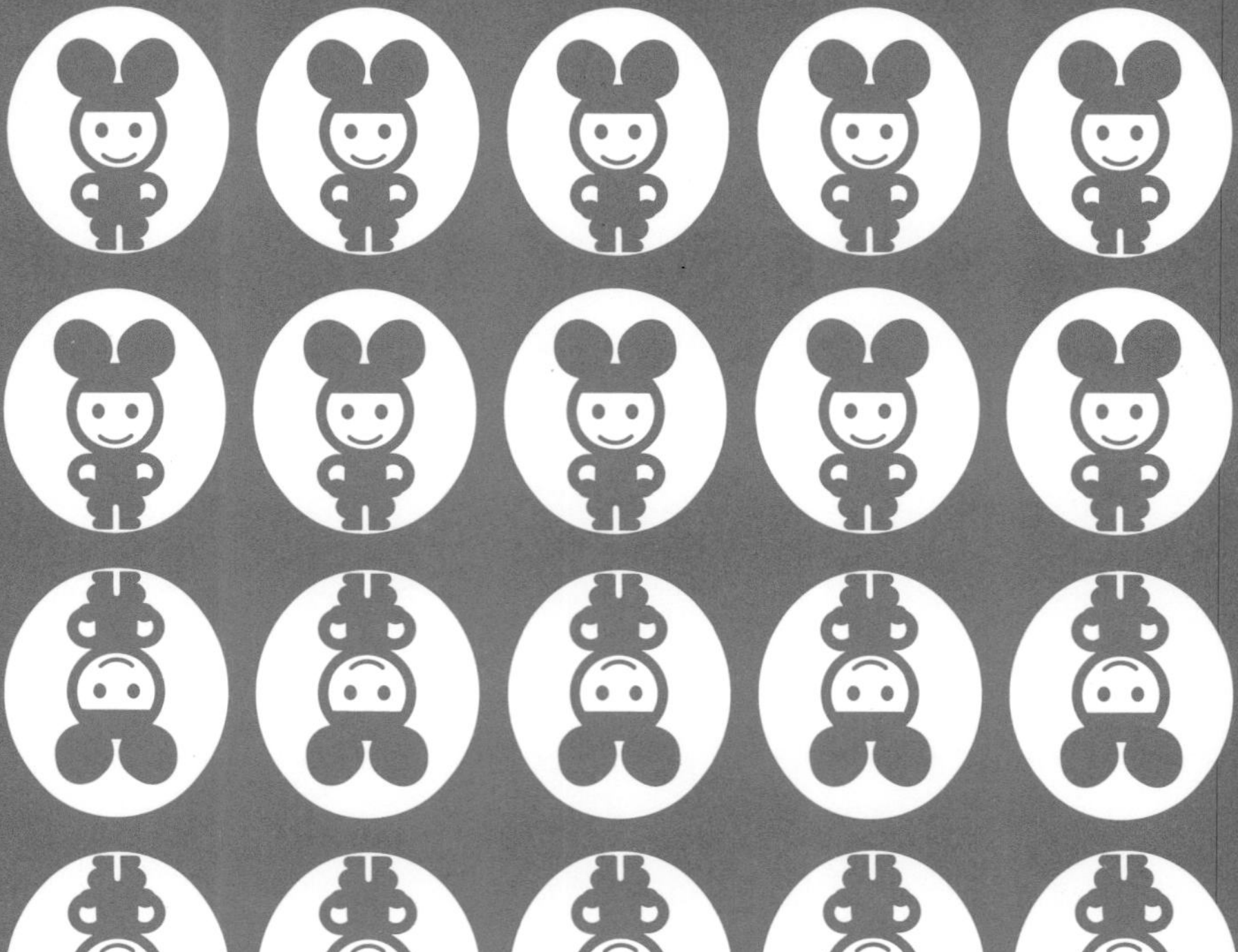